JN140152

句集

今日の日《きょうのひ》

好井由江
Yoshii Yoshie

ウエップ

句集　今日の日／目次

句集　今日の日

きょうのひ

装丁・近野裕一

Ⅰ　2019年

〔17句〕

神よりも遠出しており神の留守

砂浴びる雀小春の声上げて

茶の花に虻いる明日は雨らしい

酒・タバコ断ちて十日よアロエ咲く

引き出しに何の鍵やら寒波急

十二月八日夕日の橋渡る

兜煮の目玉を食べて風邪ごもり

裸木が黒光りして今日も雨

冬野ゆく犬振り返り振り返り
はきはきと少女つつじの返り花

青々と曼珠沙華の葉どこも冬

枯菊に青き匂いのありて雨

いつもより長居の笹子ねむい昼

冬蝶が橋ながながながと渡りけり

蓮枯れて自在よ鯉も日輪も

降誕祭夕日の赤は鶴を折る

数え日の胃の腑にたたみいわしの目

Ⅱ　２０２０年

〔66句〕

大福の豆がとび出て寒の明け

雨降っている春菊のごまよごし

薄氷の影のうごめく水の底
まだ蹤いてくる猫バレンタインデー

雨の日は雨に照りけり猫柳

目の玉に風がまともよ葱坊主

交番に椿いちりん挿され留守

硝子戸につつつと雨滴目刺焼く

ウインクは苦手よ梅の花ほつほつ

階段の上に猫いる涅槃西風

ゆきずりの桃咲く街に水を買う

先生春風邪白墨で手を汚す

メロンパンのような春日で日曜で

猫の胴のびる蛙の目借時

飛花落花ポストの口は北を向き

山手線二周の家出春の月

クローバーに寝て浮雲の他は見ず

花束が胸にひやりとして五月

母の日とはこそばゆき日よ鏡拭く

緑陰にだれかの電話鳴っている

水に雲日傘の中の水明り

ブルースが沁みるよ桐の咲く頃は

薔薇の束抱けば鏡の中はジャズ

昼顔が咲いて猫来て電波の日

富士見えるその日蜘蛛の子ちりぢりに

栗の花ここを曲がれば橋に出る

マッチなき暮しくちなし夜も匂う

雨音の中の靴音太宰の忌

牛の目に夕日がふたつ明日は夏至

沙羅の花透き通るほど濡れている

鳴きながら歩く鳩いる巴里祭

新宿の夜明けよ烏瓜の花

太陽がきちんと沈み金魚玉

日盛りの地下から人があふれ出て

当然のように蓍いる酒場の灯
ボサノバを鉢の金魚に聞かそうか

鏡にはなにも映らず羽蟻の夜

はるかに富士蜘蛛がすーっと下りて来た

けん玉がかつんかつんと今日の秋
かなかなの始まりいつも遠くから

星月夜外から家の中のぞく
おしろいがたくさん咲いて日が暮れて

八方の秋蟬丸木橋渡る
つくつくし首振るだけの赤べこよ

二百十日晴包丁がよく切れる

日はまひる鵙の落したものうごく

吾亦紅つんつん夕日離さずに

草虱おろかで一所懸命で

種茄子のまだ太る気よ天気雨

うろこ雲ひろがる二時という午前

西に稲妻ずぶ濡れの電車来る

小鳥来ているポケットに着信音

ほつほつと茶の花雲が切れ出して
浮いて鳰もぐって鳰やすこし風

流木に根っこ小春のしじみ蝶

いつもよりいい肉買って神の留守

夕焼が冬で雀の集まる木

三隣亡という日渋谷は夕しぐれ

鳩に囲まれて勤労感謝の日

寒波来るごろんと出たる缶コーヒー

枇杷の花風がその上その下も

背を向けるゴリラ冬至の日が差して

からからと晴れて吹かれて枯柏
枯芦の一本ずつはぎくしゃくと

冬野来る吹かれ細りの人と犬

ぶらんこの影ぶらんこの寒い午後

Ⅲ　２０２１年

〔84句〕

酒機嫌の電話よ餅が焼けている

蠟梅が咲いて朝日の当る家

包丁に刃こぼれ雪がちらちらと
冬薔薇がまっ赤ダンスはチャッチャッチャ

豆撒いて鬼追い出して早く寝る

薄氷に日はとろとろと昼が過ぎ

からだからから愉快な音よ木瓜の花

建国祭ジョン・ウェイン見て肉焼いて

夢も見ず猫見ずバレンタインデー

春や少女椅子きしませて笑うなり

鴉の顔ま近に見たり今日雨水

くもりのち雨啓蟄の半身浴

永き日のさかりの過ぎた猫でいる

鳥雲に入るひとりずつ渡る橋

笑いすぎの涙よ鷹は鳩と化し

指窓の昔ありけり桃の花

たくさんの椿が落ちて他所の家
花の中手もちぶさたの手が重い

花吹雪いまならはやくはしれそう
新宿の深夜を走る春の猫

囀にかこまれている他人同士

四月馬鹿胸押しつけてレントゲン

よく笑う日なり泰山木咲いて

口開けば顔消えている燕の子

卯の花にパラパラと雨通りけり

さぼてんが咲いて三日目電波の日

一日の眼鏡をはずす明日は夏至
ジャズを聴くががんぼ窓に遊ばせて

片陰をはみ出して行列の五人

夏帽子橋の途中で飛びたがる

太陽が素通りからすす瓜の花

香水はシャネル銀座の柳かな

アベマリア赤い花なら芥子の花

蟻の列乱したくなる今日の晴

雨降っている蟻の穴蟬の穴

見えている雨音蕗を煮る匂い

ビバルディ夕日まともに金魚玉

不眠症鉢の金魚におよびけり

ふふふと婆くくくと爺合歓の花

昼寝覚ペットボトルが立っている

走り蔓もどして通る今朝の秋

竹林に台風の余波鳩あるく

茹で上がる枝豆電話鳴っている
すぐそこと言うが八方つくつくし

ハッピーバースデー夜顔が咲いている
草の絮とんで鳩いて普段の日

法師蟬一途よ昼が過ぎている
二百十日ごろんと皿の明太子

秋高く百万本の薔薇の歌
いざよう月人は右側あるきいる

月仰ぐみんな明るく歳をとる

曼珠沙華からす前むき後むき

コスモスの真昼女優の訃報あり

さんま焼いている土砂降りの外の音

母でもない色にマニキュア小鳥来る

朝の日をまるごと抱いて芋の露

葛の花向こう岸から風が吹く
右ひだりのおしろい同じ道帰る

アップルパイ七等分にして夜長

秋高し象の骨格四角なり

青空がすとんと抜けてピラカンサ
こおろぎの鳴きやむ雨となりにけり

秋の雲からす一足はねて翔つ

小鳥来る肉屋はメンチカツ揚げて

鶏頭に降るだけ降って通り雨

いっせいに爪立つ雨の貝割菜

白桃を剝きつつ思い出し笑い

サルビアが赤い赤いと猫も通る

石段を横切るばった跨ぎけり

今朝の地震知らずよ蛇は穴に入る

月の出を三人掛けのまんなかで

猫が猫といる小春日のチェロ・ソナタ

窓を出る一匹の蜘蛛ハロウィン

フラミンゴの脚のももいろ寒波急

ボジョレ・ヌーボー神も主も旅なかば

胃の腑には プリン勤労感謝の日

三島忌の吹き分かれたる鳩・雀

凩の眼鏡の中の落暉かな

いろいろとあって今日の日アロエ咲く

夜烏の声よおでんが煮ぶくれて

蜜柑むく言われてみればおばあさん

咳のたびどすんどすんと日が落ちる

イマジンを聴く十二月八日雨
ゴロスケホーホーホー窓の結露がつつつーと

Ⅳ　２０２２年

〔77句〕

忘れたる初夢なにかしら愉快

雪しんしんしん張り子の虎が首を振る

兎にも亀にもなれず寒卵

塀の猫ひらり日脚の伸びており

鯛焼を半分にして明日は雨か

豆撒いて格別なことなかりけり

バレンタインデー夜更しの駅の鳩

魚は氷に上り背中のファスナー

猫の恋すっとん狂に皿割れて

春めく日鏡に舌を見せている

蟻穴を出る傍らをハイヒール

朝寝して鴉の声も面白き

ぶらんこ漕ぐ妹らしく兄らしく

ひとつずつ落ちて椿のびっしりと

足湯して亀鳴く頃と思いけり

跳んでごらん春の小川がささやいた

咲き満ちてふっとつめたい桜の木
象は象さくらはさくら色をして

らんらんと桜うなずき歩く鳩

花吹雪水面しっかりしていたる

百千鳥まだ濡れている竹箒

八方のさえずり蛇口からしずく

あとかたもない囀と水たまり

来てみれば普通の川よ春の鴨

永き日の切岸土をこぼしけり

片耳にダイヤのピアス万愚節

正面の落日しゃぼん玉飛ばす

丸木橋一気に渡る今日穀雨

ひきがえる馴染み顔して今日もいる

昼顔の昼しっかりと歩く鳩

はじまりは出口からなり蟻の穴
蟻の列見ていてなんとなくロック

衣更えて鷗のような少女達

ブティックのうぬぼれ鏡すでに夏

草笛を吹けばむかしの空の色
全開の空よ泰山木咲いて

蛇渡る水に緊張走りけり

親鴉子鴉ちぎれ雲とんで

麦は黄に日は後退りしていたる
バスを待つ先頭にいてほととぎす

外は雨抱きぐせついて竹夫人

雨蛙鳴くだけ鳴いて畏まる

花栗に沈んでいたる雨の家
あたま出て首が出て亀走り梅雨

風鈴がときどき鳴って核家族

まざとある象の手ざわり昼寝覚

夕日より先に暮れたる凌霄花

仰向けの蟬を起こしてあげただけ

炎天を来て炎天をふりかえる

白粉咲くとなりでもなくうちでもなく

うしろから人の声して盆の月

台風の名残の雨よ芋煮立つ

口開けてあるく秋暑の大鴉

新宿のえのころ草になつかれて

朝顔の深きところに水の玉

鶏頭をぽんと弾いて笑い上戸

曼珠沙華と鴉いちどに見ていたる
ごしゃごしゃと足ことごとく芋虫なり

家の中は鈴虫のソロ魚焼く
二十日月両手そろえて猫がいる

冷やかに廊下の奥に種袋

川底も快晴であり曼珠沙華

コスモスの中眠るわけにもいかず

石段の途中懸巣に鳴かれけり

どんぐりを持ちかえてから手をつなぐ
ハロウィンの渋谷みかんが落ちている

ボジョレ・ヌーボー家族と言うも一人ずつ

網の上肉が煙を立てて冬

酉の市鳩が真昼の顔をして

飛び石をけんけんぱーで石蕗の花

ふりむけば風ばかりなり笹子鳴く

花八手ぶつかりあって雨と雨

短日の血が注射器をさかのぼる

山茶花のさかり風来て雀来て

白鳥の声の中なりおばあさん
梟のいる樹の下を昼通る

枯芦のむこうからくる日暮かな

Ⅴ　2023年

〔77句〕

花瓶の水替える四日の鳩の声

冬夕焼帽子押さえて橋渡る

蠟梅のずっと手前のすべり台

ジャムの蓋意固地よ魚は氷に上り

ぼたん雪そしてときどき鴉鳴く
昼空に月あり椿つらつらと

どの家も夜が来ている雛祭

夜は夜の椿が落ちて猫とんで

鷹化した鳩が二三羽鳩の中
菜の花のそこまで日暮来ていたる

人に尾骨猫にこめかみ春の月

雪柳昨日はここに水たまり

蝶のむくろ川の流れに乗せてやる

姫椿たくさん咲いて落ち着かず

春の日とサンドイッチと風すこし

ベビーカーに風船くくり象の前

そよそよと仔猫が猫になりきって
花筵一升瓶が立っている

午後の日がかっと桜の隙間から
メーデーの全き夕日新宿に

花は葉に接骨院が混んでいる

朴咲いて大きな声のひと日かな

手の中に捨てるつもりの落し文

大きな声だめよ芍薬散るからに

母の日の鳩ベランダに長居して

メタセコイアも雨もまっすぐ初鰹

ほととぎすの声を間近にカフェテラス

家の中あるく夏風邪しつこくて

仏頂面はいつものことよ蟇

蛇の衣蛇をはなれて吹かれけり

紙魚ひとつ天眼鏡を抜け出した

さもあらばあれ梅雨茸を踏みしだく

ながながと橋わたる猫あすは夏至

曇り空そのまま暮れて金魚玉

二三回ゆすって開く梅雨の傘
あめんぼが鯉の真上にさしかかり

夕立来る花屋の先にバー「あけみ」

ポンポンダリア笠置シヅ子を知っている

振ってみるそれだけのこと烏麦

マチス展出る正面の大夕焼

楸邨忌は明日よ猫がついてくる

猫のうしろ歩いて四万六千日

脱ぎたての蟬殻まで横から朝日

空蟬の鳴き出しそうな今朝の雨

迫り来るかみなり姿見に死角

片陰から次の片陰見ていたる

老鶯の今朝の近さよ鏡拭く

八月六日今日もパン屋の前通る

石段を猫が横切る今朝の秋

どしゃ降りとなって八月十五日

そしてまた法師蟬鳴き雲が飛び
月を見ていてゆっくりとする返事

今日の月渋谷新宿池袋
眼鏡とる月がとっても大きくて

仰ぎいて何見るでなく虫の声

手の届くところに夕日曼珠沙華

小鳥来ている玄関に赤い靴

葉鶏頭一日雨の日曜日

近づけば案山子思わぬ大男

草紅葉水底をゆく水の影

飛んで鴉あるいて鴉柚子は黄に

十三夜先の尖った靴履いて

フライパンまっ赤を買って神の留守

石蕗の花雨が上がったばかりなり

雲梯をすこしはなれて龍の玉

校庭がどっと日暮れて石蕗の花

山茶花の向こうの窓が開いている

聖マリア像雀らがいて冬日

ひと月がたちまち過ぎて枇杷の花

寒波急なり耳たぶに穴ふたつ

枇杷の花夕日こつんとつき当る
魚焼く匂い蒲団を叩く音

鳴きそうな水槽の亀冬牡丹

蜜柑の皮こぼして鳩に囲まれて

百歳に間のあり柳葉魚焼いている

まっすぐに枯れて鶏頭今日の晴

メリークリスマス防犯カメラこちら向く

Ⅵ　2024年

〔35句〕

腰のカイロやんわり効いて去年今年

あらたまの昨日の富士と同じ位置

大きこと小声で言うて屠蘇機嫌

寒九郎歯をむき出して干し魚

少年の一声だけの鬼は外

治療室にひしめく歯型春来る

バレンタインデー番号で呼ばれたり
家中にジャズ蕗の薹きざみいる

日脚やや伸びて畳に椅子の跡

雀いる別の日向に孕み猫

魚は氷に上りて猫の朝帰り

がんがんと階段上る蝶の昼

桃咲いて遠く鴉が鳴いて昼

ヒヤシンス鏡の中の窓が開く

穴を出て走り出す蟻あるく蟻

鳥雲に入りて磧に焚きし跡

東京ブギウギ混み合って春の星

春の雷時計の中を針すすむ

あれこれとあって四月よ甘納豆
うつらうつらと猫海棠の花ざかり

イヤホンを外す花満開の中

ベランダのパンジーに降るゴビの砂

水買って土買って八十八夜

ポストまでまっすぐ歩く花は葉に

朴の花へリコプターが浮いている

どやどややといるメーデーのらーめん屋

夏服となり今日少女達は水
公園の蛇口上向き薔薇の昼

新宿になんじゃもんじゃが咲いて晴

深夜放送皿にころんと枇杷の種

水中花の水減っている昼日中

泰山木咲いていてインコが逃走中

マニキュアがまっ赤どこかに日雷
棒立ちの箒なすびの花ふたつ

あとがき

本集は『風見鶏』につづく第五句集です。二〇一九年十一月から二〇二四年六月迄の中から三五六句を収めました。

句集名「今日の日」は、これから先も一日一日を無事に明るく過ごすことが出来ますように、との願いでもあります。

五十六歳から始めた俳句も三十二年。八十八歳の今にして見えるもの、聞こえるもの、なかなかに面白く、ある時は哀しいこともありますが、老いもまんざらでもないと思っております。

拙い句集のためにお力添えを戴きました句友の萩野明子さん、そして、第一句集からお世話くださいました「ウエップ」の大崎紀夫編集長と菊地喜美枝氏に心から感謝申し上げます。併せて、関わって下さった皆様に御礼申し上げます。

二〇二四年八月

好井由江

著者略歴

好井由江（よしい・よしえ）

昭和11年（1936）　栃木県生まれ
平成５年（1993）　小宅容義に師事　「玄火」入会
平成10年（1998）　同人誌「雷魚」同人
平成14年（2002）　「玄火」退会
平成19年（2007）　「現代俳句協会第8回年度作品賞」受賞
平成25年（2013）　「雷魚」退会
平成30年（2018）　同人誌「棒」創刊同人

現代俳句協会会員

句集に『両手』（平成10年・朝日新聞社刊）
　　　『青丹』（平成17年・ウエップ刊）
　　　『風の斑』（平成25年・ウエップ刊）
　　　『風見鶏』（令和2年・ウエップ刊）

現住所＝〒206-0823　東京都稲城市平尾3-1-1-5-107

句集『今日の日』（きょうのひ）
2024年9月15日　第1刷発行
著　者　好井由江
発行者　大崎紀夫
発行所　株式会社　ウエップ
〒160-0022　東京都新宿区新宿1-24-1-909
電話　03-5368-1870　郵便振替　00140-7-544128
印　刷　モリモト印刷株式会社

※定価はカバーに表示してあります　ISBN978-4-86608-166-3